## 作者简介

　　阿兹乌火，原名李骞，中国作家协会会员。云南民族大学二级教授，中国现当代文学、文艺学硕士研究生导师，民俗学博士研究生导师。在《文学评论》《当代作家评论》《小说评论》等刊物发表学术论文70多篇；在《人民文学》《诗刊》《民族文学》《十月》等刊物发表小说、诗歌、散文100多万字；出版专著《作家的艺术世界》《现象与文本》《立场与方法》《20世纪中国新诗流派研究》《新诗源流论》《诗歌结构学》《快意时空》《彝王传》《中国现代文学讲稿》《当代文学27年》《大乌蒙》等50多部。作品5次获云南省哲学社会科学优秀成果三等奖，《现象与文本》获全国第八届少数民族文学创作"骏马奖"（文学理论与评论）。

# 献词

阿兹乌火 著

云南出版集团　云南人民出版社

图书在版编目（CIP）数据

献词/阿兹乌火著. —— 昆明：云南人民出版社，
2022.10
　　ISBN 978-7-222-21057-8

　Ⅰ.①献… Ⅱ.①阿… Ⅲ.①诗集－中国－当代
Ⅳ.①I227

中国版本图书馆CIP数据核字(2022)第153958号

责任编辑：梁明青
装帧设计：云南非鸟文化传播有限公司
责任校对：姚实名
责任印制：窦雪松

XIAN CI

献　词

阿兹乌火　著

出　版　云南出版集团　云南人民出版社
发　行　云南人民出版社
社　址　昆明市环城西路609号
邮　编　650034
网　址　www.ynpph.com.cn
E-mail　ynrms@sina.com
开　本　889mm×1194mm　1/32
印　张　5.75
字　数　80千
版　次　2023年1月第1版第1次印刷
印　刷　云南荣德印务有限公司
书　号　ISBN 978-7-222-21057-8
定　价　48.00元

如需购买图书、反馈意见，请与我社联系
总编室：0871-64109126　发行部：0871-64108507　审校部：0871-64164626　印制部：0871-64191534

云南人民出版社微信公众号

# 自　序

　　这是我出版的第五本诗集，我最爱诗，今后还会继续写。我也酷爱读诗。1986年春天，我独自坐在成都望楼江公园的望江小亭子里，读了狄金森的"把阳光搂在怀里／向万物鞠躬致敬"之后，很兴奋，这是我一生都能记住的两句诗。狄金森生前默默无闻，死后声名鹊起，是极有个性的女子。大学只读了一年，即告退学，二十五岁弃绝社交，足不出户，劳动之余，埋头写诗。但她生前只发表过八首诗，大部分诗稿都是去世后由亲友整理出版的。普拉斯和狄金森都是我比较喜欢的美国女诗人，尽管她们的风格不一样，但都留下了千古绝唱，而且都是文学史上不可绕过的诗人。当然，相对而言，我更热爱普拉斯，她的诗更具有穿透灵魂的力量。

　　我写作和出版最多的文体是文学评论、作家作品研究，其次就是诗歌。我写过小说、散文、电影电视剧本，但是，写得更多的还是诗歌。退休之后，可自由支配的时间更多，文学评论、作家作品的研究我是否继续写，真不好说，但诗歌的写作肯定会伴随一生。诗意人生，何乐而不为？英国著名诗人狄兰·托马斯在诗中这样写道："时间像一把大踏步的剪刀，走来剪裁岁月。"这也是我看过就一直记住的诗句。其实，诗歌又何尝不是一把剪刀？如果用诗来剪裁人生，岂不快哉！

关于诗的见解，我在前几本诗集中说得很清楚，这里就不再赘述，只简单交代一下创作这本诗集的初衷。

诗集《前世山 今生雪》交给出版社后，我一直在思考，下一部诗集写什么呢？瞬间"向万物鞠躬致敬"突然袭击了我的灵感，于是就有了见到什么写什么，想到什么写什么，梦见什么写什么，遇到什么写什么的想法，而且立刻付诸实践。因此，这部诗集只按写作的年代顺序排列，没有分类的想法。

诗是各种文学样式中综合性最强的文体，写容易，写好却难。我会坚持写下去，至于好与不好，我是不管的。

这些习作有的在报刊上发表过，有的没有。

是为序。

2021年3月21日于正心书斋

# 目　录

# 熟了的樱桃

聚集了一年的阳光
把春天的绿转化为红
甜润，光滑，细腻，似春风佳人
珍珠般的姿态挂在绿荫深处
一颗又一颗，看得路人失去记忆

吞下肠胃的是季节的肉
吐出来的全是泥土的骨头
奔跑的颗粒从树枝进入餐桌
樱花转世的形状让食客开心

挂果，是一棵树最美的形象
被吃掉的果实不会绝望
因为吃，不是对生存的背叛
而是树根的意义再生长
如果一树樱桃无人采摘
它的魂又去向何处

2020 年 4 月 21 日

# 世界读书日

如果每天都读书，读好书
谁会记得有一个世界读书日

时间都在书架上燃烧
在阅读中消耗的岁月
只有一个信念：活着就读书

                       2020 年 4 月 23 日，世界读书日

# 捞鱼河

流淌一生，归宿不知什么方向
鱼的传说只是百年前的故事
多少人站立河岸，望穿河底
鱼钩钓起一段空白人生

没有一尾鱼，会同时游进一条河流
捞鱼河，其实无鱼可捞
打捞起来的是水草的前半生

向远处延伸是大海
近处是捞鱼河湿地公园
一路闪耀的光泽，偶尔抬起头
鱼鳃与天空的一次对话
穿梭时光的尼龙线
牵出鱼的后半生味道

天天在河边散步，晒太阳
离河水很近，离鱼很远
我不知道流水是否快乐
也不知道水底的鱼子鱼孙
有没有感到存在的天堂

2020 年 4 月 25 日

# 民谣里的月亮

"月亮汤汤，酥麻秧秧"
这是乡村母亲最早的启蒙
每当天空捧出一轮圆月
母爱的声音将幼儿摇入梦乡


多年后，我母亲进城照看孙女
圆月升起，她抱着刚满月的婴儿
在阳台上唱出这首月光民谣
我无法猜透月亮与酥麻的联系
只知道这是故乡永远不变的
第一声有关星球与植物的教育


"大姐磕头，二姐烧香"
这应该是祭月的叙事表达
接下来的"烧死毛大姐，气死毛三嬢"
又是什么内涵丰富的秘诀
烧一炷清香就把好手好脚的人烧死
磕一个响头又气死一条人命
其实没有，接下来是
"毛三嬢过河，打落（丢失）烟盒，烟盒告状，告给和尚"
这样的想象，任何一个才华横溢的诗人
绞尽脑汁也写不出来

"和尚敲鼓，变成老虎"
是和尚敲鼓把自己敲成老虎
还是鼓被和尚敲醒转世投胎为老虎
这都是永远无法穷尽的谜底
"老虎爬岩，一个花猫儿轱辘轱辘滚下来"
花猫即老虎，同时也暗喻
母亲怀里尚未洗脸的幼小婴儿

这是一段押韵但毫无逻辑联系的民谣
也是学者无法解释的秘密
我也曾请教母亲民谣的意义
她说不知道，古老古代就这样传唱
母亲最后的解释，这首歌大人不会懂
但怀中的婴儿一定能听懂

2020 年 4 月 27 日

# 摘星记

摘一颗明亮的星星揣在怀里
是我儿时的最大梦想
它的明亮，不会磨损少年的心灵
遇上黑暗，就掏出发光的星体
照明一段向前的路

长大的夜晚，如果星明月朗
想在一颗星球刻上人类的印迹
雾霾祸害地球不能喝一口水时
大家同心协力迁移星空
建设另一个旱涝保收的家园

有时天空很矮很低
只能在风中翻阅雨的暴力
收不到星星快递的方言
飞翔的翅膀紧缩在风雨之后
与旧识星星的鸿雁传书
只能是兴风作浪的空想

想念星星莹润的皮肤
手牵少年时代的自己
将体格放牧在浩瀚宇宙
未知现在的我，是不是少年的我
无数次仰望苍穹之后
摘星的少年更符合生活逻辑

2020 年 4 月 29 日

# 劳动节

五一国际劳动节这天
我没有劳动，不知道读诗
算不算劳动意义上的劳动
但我明白，这个为劳动者
设立的节日，没有一个
体力劳动者能够获得

一年四季，我也曾经是
名正言顺的劳动人民
经历过田间的四季轮回
用锄头修理山中人生
白昼，用背篓将太阳背回家
清晨将残月背出门

劳动者是伟大的，但是
有谁愿意从事这伤筋动骨的
体力劳动。又有谁在天地间
自愿做被烈日烤晒的石头

在书房抽着香烟思考人生
在大地享受日晒雨淋
如果不是精神狂人
有谁会选择后者

2020 年 5 月 1 日

# 给 X 的十八岁

很多年前，在你美丽的十八岁
我给你写过一首情诗
很多年后，我还想给你的
十八岁，再写一首诗
因为，在我年老的记忆里
你永远是动人的十八岁

你披肩的瀑布，还是露水涟涟吧
那安静而优质的脸庞
是不是还像十八岁那样
让人感动而又回味无穷
你的歌声可如马头琴
吟唱的还是草原情歌吗？

那些年，你圆圆的嘴唇
如成熟灿烂的樱桃
眨眼这间，一片雄性的树林
被摧眉折腰，倒在学校门前的
小河边。爱的代价，因你
而疯狂增值

不知道你做了谁的新娘
作为你岁月的守护神
他应给你尽善尽美的人生
因为他每天的呼吸
都是你玉体散发出的温馨

很多年过去，也不知道你
是否如同昨日，仰望着
碧绿的天空，一往情深地
朗读普希金的情诗

2020 年 5 月 4 日

# 镜　子

如果从镜子中看不见你
却看见魔鬼，或者
深不见底的苦难人生
你可以做两种选择
一是永远不照镜子
二是将镜子砸烂

镜子之外都是黑夜
被整理过的面容
失去抛头露脸的机会
因为，作为符号的镜子
是空无的。作为镜子的符号
又常常藏而不露

人心其实就是一面镜子
照过的没有痕迹
没有照过的也无迹可寻
镜子只接受另一面镜子
它的反射空无本身

2020 年 5 月 7 日，读布朗的小说《镜像》有感

# 另一种春风

惊心动魄地把每一种花吹开
也把各路人马送到昆明
昔日的老同学，还是那么
楚楚动人，在滇池的水中央
摆一桌四十年前的宴席

清朝的五百里滇池
在风的眼里，只不过是
万顷碧波的一场预演
时光如水，还有谁记得
当年谁偷看了谁的日记

春风吹绿了滇池岸边
暗夜的月色压倒三春杨柳
西山的睡美人，被酒精吵闹
进入千年一次的失眠状态
水中的舟楫，缩影成一池渔火
影子愈来愈小

这一刻，谁嫁给谁都不重要
秘密约会，在深夜盛开
分别太久，激情在血脉里流淌

许多年前的誓词，被迟到的
春风，掀得一干二净

四十年前的鸟，成群集队
被晚来的另一种春风鼓动
奇怪的念头，进入相互体内

2020 年 5 月 9 日

# 晚　霞

最后一道霞光，丢进西山
绚丽，动人，异彩纷呈
如果会飞，真想上天
与灿烂的晚霞促膝谈心
问它落山之后的感受

消失的彩霞会不会
落在恋人肩头
在接吻中完成时间的流逝
或者降落在窗前的
一张发黄的旧照片上

被搬运的阳光
经过村庄和许多国家
东边是日出的朝晖
西边却是向晚的落霞
一边是新生，另一边是暮年
这是万能的造物主
送给人类的贺礼

2020 年 5 月 11 日下午，登山而得

# 砍伐者

他们把街道两边
站立了几十年的大树
用电锯全部伐倒
不知是谁收获了
这些美丽的绿色生命

前面的人不停地砍树
后面的人急急忙忙地栽花
是大树长错了地方
还是花要投胎转世

可怜被砍倒的法国梧桐
不知它们的肉身去了何方
那些转世而生的花
并没有在春城的四季节开放

2020 年 5 月 15 日

# 映山白

杜鹃家族中的佼佼者
白色的血耀人眼目
日子在花开的季节缓慢展开
只有内心丰富的人
才能拆解白色骨朵儿的词语
领悟到季节变换的鸟语花香

夏天在花朵之间摇曳
雨过之后，把一树的白留下
无声的美景挂满枝头
谁站在别人的树下
采撷大山的宁静
谁敢把冰雪聪明的女人
丢失在山外的风景

每一朵花，都是白色的女神
或者是一种无语的文字
如果有心，你会听到花开的声音
许多年后，还记住她怒放的样子
如果心动，就归隐云朵的故乡
用余生守护一树雪白

2020 年 5 月 19 日

# 雷　鸣

午觉渐入梦境，从云的老家
传来巨大的吼声，震动窗台上的玻璃
不知道在大自然安家的草木
是否已经被叫醒
我从午睡中醒来，反复思考
这声音，是不是上天安排的闹钟

雷声之后，夏天的雨水铺天盖地
湿润着大地的干涸
许多植物在雨后站立起来
开始巡视自己的领土
在风雨中你来我往地移动

午后雷鸣，是不是去年今天的声音
被炸响的慵懒岁月
推窗远眺，眼前的风雨
会不会落在久别重逢的故土
而内心深处的暴风雨
在雷鸣之后，早已成形

2020 年 5 月 23 日

# 阵 风

虽然是空气流动现象，但是
如果一个人的灵魂被阵风卷走
沿着风速流动的方向
走进风的国土，还会回家吗

从我的脚下开始，风摇地动
目测一下，七级迎风走不便
偏要迎着七级阵风走下去
坚强一点，胜利近在咫尺
退缩呢，永远是人生的失败者
走吧，男人不需要失败

穿越自然界的一种暴力
轻松的肉体会变坚韧
经历风的洗礼，思想更加尖锐
有如此人生体验，在今后的日子
就算人的社会刮来十二级阵风
咳嗽一声，就轻松化解

2020 年 5 月 25 日

# 天空的云

走过天空的每一朵云

都是思想的存在

白得洁净的肌肤

表示新娘子整装待发

浓得化不开的乌云飘荡

暴风雨将要莅临大地考察

如果压城的黑云翻滚

便是恶魔出没人间的前兆

散淡漂浮的优美景色

想必是自由灵魂在空间移动


其实云，就是离人很近的一种雾

就算有思想，也是人强加给它的


2020 年 5 月 27 日

# 鸟　鸣

比闹钟还准，每天清晨六点三十五分
数百只鸟，集聚我窗前的大树
叽叽喳喳、咕噜咕噜地开大会
让我清静的早晨一点儿也不清静
可惜我不谙鸟语，搞不清楚
它们在讨论什么鸟国大事
更不知道，谁是主持会议的鸟王

有时候鸟的叫声忽高忽低
我想，这是表决前的讨论
涉及很多鸟官的任免
得到宠爱的大官小吏
争先恐后地向鸟王表忠心

听见一只鸟掉下大树的哭泣
也许是它贪污了国库的现金
或者想颠覆鸟王的宝座
鸟的世界，也会有是非恩怨
不然每天都吵得树摇地动

突然有一天，宇宙刮来风暴

大树摇摇晃晃，没有听到啾啾聒噪

鸟也顾及生命，只好顺从自然的力量

躲进鸟巢，停止每天的例会


我起床推窗，把大风引入室内

更希望，法力无边的风暴

天天来，驱散耳边的杂音

在人的世界，让我好好睡一觉


2020 年 5 月 29 日

# 儿童节

真想回到儿童时代
再过一次小孩子的节日
歌唱童谣的速度
连小鸟也追赶不上

全是早晨幼稚的嫩苗
在希望的摇篮里栖息
有人想长成参天大树
有人想成为赚钱的明星
有人想成为亿万富豪
就是没有人想当教师

儿童讲的话，像一阵风
用的都是灵魂里的尺子
纯洁无邪的理想
成年之后，被踢出老远

六月一日这一天
我没有回到过去时
只想用成年的嘴，喊出
少年时代的词汇
只在内心深处，把个人的
姓名张扬，聒噪一番

2020 年 6 月 1 日

# 冷　雨

半夜敲窗的不是鬼，是雨点
醒来，拉开黑夜的灯
不是胆怯，而是想听一听
雨点弹奏的旋律，会不会
在风里演绎成前生的故事

因为雨点，这个不完整的夜
再次翻开一千多年前的李清照
看看是否合适在婉约中隐居
忍耐一段冷清的寂寞
让生活中的荒谬不堪
浸泡于夜半冷雨的无眠

风吹雨，邻居是否熟睡
布谷鸟正述说同样的啼鸣
我从婉约派的词汇走出
拉灭灯，在梦里与冷雨共舞
迎接又一个温润的早晨

2020 年 6 月 7 日

# 山　歌

并不是在山上才开放嗓音
在辛苦的劳动间隙
在田边地角，在牛背上
为了医治郁闷的灵魂
在生存的伤口上
张开嘴，哼上一曲

山歌带领农人走进
万水千山。浑身泥土
在歌声中归入红尘
疲于奔命的人生
从嘴角释放。庄稼人的
自我救赎，就是山野情调

没有师傅，歌声自动遗传
在声音中寻觅温馨
节奏的同一性，敲打着
白天黑夜。累了，就吼一声
俗世的艰辛疼痛
在歌声中化为乌有

2020 年 6 月 11 日，于田野听农人唱山歌

# 暴 雨

大风之后是暴雨，雨过也未见天晴
村子里的人越来越少，到城市避雨
城里人在水里看风景，看风景的人
站在高楼的窗口看疾风暴雨

许多品牌轿车如雨后春笋，疯狂生长
四轮在街头流动，喇叭啼笑皆非
有水推波助澜，再先进的制动系统
也束手无策。如果吞了洪水之后还能活动
买卖双方的仇恨或许随水东流

小鸟也受不住，纷纷逃出巢穴
站在高高的树枝给夏天叫魂
明朝起来，做窝的大树被洪水拔走
鸟儿也只好刁一根枝丫
跟着流水，去了远方的大海

2029 年 6 月 19 日

# 树上有外套

谁的魂魄挂在树上
漂浮的披风在枝叶间展览
是风将它升起来
还是人为的庄严仪式

一个没有代号的肉体
一件没有来历的外衣
一阵风遗落的物件
一场雨打湿的忏悔

你的故乡是某个美女
是不是为了追上
阳光下风的影子
或者一匹白马的速度
故意将你丢在风里

挂在树上，你不是风景
是女人忧愁的凶恶
在枝头摆弄孤芳自赏
你不寂寞，在空空的枝头
行人有意或无意间
看着你一天天老去

2010 年 6 月 21 日，见小区树枝上有外套而作

# 山茶花

躲藏在大森林里，那些原始的岁月
在花开花落时节，漂泊流失
只有偶然进山的猎人知道
你怒放的姿态，其实也很动人

或者一只野生的蜜蜂会思念花蕾
总在季节轮回的日子叨扰你的清静
漫天飞舞的翅膀上涂脂抹粉
然后将你的甜，奉献给远方

花言巧语的蝴蝶，来来去去
不是约会，也不是告别
不过是为了春风的一句叮嘱
做一次花间的流浪女神

密林中的处子，凡人难见你的真身
我想进山，凭信仰采撷
再把你带到车水马龙的现代化城市
但内心的另一个我，却一再强调
放过这个春天，让你在没有污染的山中
无人知晓地怒放又凋零

2020 年 6 月 25 日

# 溜沙河

故乡的一条无名之河，在我的小说里
叫金曼河。流入金沙江后
加入长江系列，到太平洋安家落户

因为纪念一位伟人畅游长江
一群赤裸的男孩子，跟随体育老师
游过溜沙河。河水有深有浅
浅处险恶，泅水的人总有留在江底做客
深处大放慈悲，因为无人敢问津

河面无舟楫，也无小划子
它的运输功能仅限于伐木人
将深山老林砍下的树木顺河而下

少年曾想建造一艘船，很小很小
小得只能坐下一个人
颠簸着驶入金沙金，乘风破浪
远航长江，看看太平洋
是不是如地理书所说的那样大

2020 年 6 月 29 日

# 黎　明

不知道黎明有多少个含义
谁起得早，才看清天亮的确切模样

从小居住乌蒙群山的寨子
如果想体悟黎明，就要在黑夜
翻山越岭。站立山顶
看太阳从另一座山喷薄而出

政治家有对黎明的政治解释
气象学家有对黎明的气象注解
文学家有对黎明的文学解构
只有农民的说法直截了当
黎明即起，扛锄下地

2020 年 7 月 1 日

# 雪山殉情

这座山，是丽江的灵魂
是雪的故乡。更是情人的暗号
有时候，一男一女爬山
不是观风景，不为锻炼身体
他们走向爱情的祭台
把肉身留给尘土
把爱还高大的玉龙雪山

殉情，是民间最伟大的爱情
这是山的回声，归宿洁白如雪
双双纵身一跳，魂飞魄舞
灵与肉在雪山的中心栖息
把暂时的诀别当作永恒

一些人爬上山，为的是
看雪和雪的影子
或借山衬托自己的高度
我爬到雪山的顶峰
只想找一对殉情的羔羊
问问他们，爱情的真义
是不是永远低于玉龙雪山

2020 年 7 月 5 日，翻看昔日爬玉龙雪照片偶得

# 梦见一只虎

正在山林中采一束山花
一只虎，穿着七彩铠甲
虎头虎脑向我走来
我知道，吃人是虎的意志
我不怕被吃，只想弄个明白
吃我的老虎叫什么名字

我没有喝下十八碗酒
也没有武松的手艺
老虎瞅瞅我，吼了一嗓子
地动山摇。瞪大眼
仿佛嘲笑人的渺小

虎躲藏在大树下一动不动
我也不敢动荡。是不是
人肉不对它的胃口
或者它纯粹是吃饱了撑的
只想与我开一个玩笑

、

我轻轻放下鲜花，悄悄地走路
大虫并没有追赶我的意思
可能它也喜爱春天滋润的花朵
说不定是一只有审美理想的母老虎

我在气喘吁吁的奔跑中醒来
急忙翻《周公解梦》，看看梦见虎
是不是好的兆头

2020 年 7 月 9 日

# 德令哈记忆

昆仑山脉撵着群山打了个尖，空旷的戈壁滩
放下辽远的身段，在巴音河边住下来
德令哈，从沙漠深处走出来
盘古开天地，就有人和动物诗意栖居

早起的阳光，撕碎昆仑山的帘幕
一只孤独的狼占领一片沙丘，成为王者
闯入者是牧羊犬和它率领的羊群
没有战争，羊和羊的主人安全回到故乡

鱼从青海湖出发，抬头仰望天空
裹着草原的风，顺着巴音河的轨道
固执地向大海走去，没有停留
停滞不前的是柴达木盆地
以及深深埋进戈壁滩的美人鱼化石

很多年过去了，我心里有一封信
捎给亲爱的德令哈。如果回到你身边
能不能捡起当年你给我的坚硬骨头
或者火车站那一抹不灭的灯火

如果再次踏上德令哈的土地
我一定放轻脚步，不想惊动故人
只在自己的酒桌上醉一回
让四十多年前的灵魂，慢慢地
重新回到现在的身体

2020 年 7 月 11 日

# 石榴园

一片树林穿梭一片树林
蒙自的万亩石榴园
果然望林兴叹。未下树的
石榴，披着塑料甲胄
时刻准备着，为有缘人的
胃口做出牺牲

没有鸟类的歌声婉转
树下的农人照样欢欣鼓舞
伸上树枝的手，摸着的
都是金光灿烂的人民币
笑容凝固成滚动的石榴

七月的阳光热烈着全身
在浓缩的石榴园行走
不知道有谁思念我
也不知我在思念谁

三十多年前，那棵石榴树的魂
会不会重新来到身边
一起完成昨天的老故事

2020 年 7 月 17 日，于蒙自

## 蒙自南湖

风吹过，只有情人的眼泪
才能熨平湖面的皱纹

岸边行人的影子
不过是肉身的又一次轮回

只有名小吃"过桥米线"
在湖中的小岛永恒

不与喧哗议论成败
不和湖水争清洁

站立从前恋爱的岸边
学着天空的浩大悲悯

几十年来在梦中走近湖心
每一次都将圆月扔进水里

我作为一个符号，不知道
有多少关于南湖的记忆

2020 年 7 月 18 日，于蒙自官房酒店

# 青春德令哈

十八岁到二十岁，美丽的青春
双手奉献给心中的德令哈
从不后悔。翻开相册
德令哈的热血扑面而来

铁道兵的岗哨从这里伸向拉萨
轨道上，风吼着不同朝代的声响
一条条绿色长龙，乘风破浪
摇晃戈壁滩上的月亮，奔赴远方
直到东方发白。士兵的刺刀
在长满思恋的岁月，用赤子的胸膛
保卫和平而纯真的德令哈

从彩云之南来到宽敞的大西北
我只是浩瀚海潮飘飞的一张白纸
是德令哈让我画出最美的图画
也是德令哈，教我学会嘹亮的军歌

两年，也许对一个人算不了什么
但对于我，只要想起青春的德令哈
就算在梦里，我也会拼命向他跑去
只为给他敬一个标准的军礼

2020 年 7 月 20 日

# 桃子的故事

桃子不是我的恋人

是我的表妹。她是村庄的门面

她的体内藏匿着男人的秘诀


有一天，桃子从村子逃婚到春城

没有山风雨露的滋养

不晓得她的笑声里还有没有

乡愁的味道。也不知道

她在灯红酒绿的城市，如何寻找生活


桃子的故事与乡村的植物无关

在老家，她的职业是放牛，割野草喂猪

与她订婚的男人，是支书家二傻瓜

见到桃子就哼哼的怪笑


二十年后的某一天，在城区繁华地段

无目的乱闯的我，听见一声熟悉

而又陌生的呼喊：二表哥

四顾茫然，未知声音来自何方

只见一颗改造过的美女头像

从豪华轿车的窗户伸出

微笑着说，二表哥，我是桃子

桃子已经不是乡村的桃子

满面春风的脂粉，装饰了桃子的理想

只是不知道顶级配置的法拉利

是桃子的主人，还是桃子是她的主人

2020 年 7 月 22 日

# 小 黑

小黑是一头牛，黑毛之外
全身没有一根杂色
耕地时总是背对天空
吃草的样子，双角顶地

吃的是山地长出的野草
使出的是沉重的力气
有了它，土地被精耕细作
庄稼才有光彩
秋收的岁月更实在

有一年，牛贩子进村
给小黑开出动心的价钱
母亲拒绝了钱的鼓励
说小黑是家里的长工
也是全家的一员
卖了它，就是出卖良心

后来的日子，小黑见着母亲
就像孩子一样安静

2020 年 7 月 24 日

# 老房子

孤单地立于山头，公路不通
也没有电视，中国移动还没有覆盖
老房子的主人从未下山
山下的民众也没有去拜访
串乡的小贩也懒得上去

偶尔烟囱冒几缕炊烟
夕阳西下，一对老年夫妻
站立屋前的树荫下，指指点点
夜晚，煤油灯照亮一段旧时代

很多年过去，老房子依然挺立
孤零零的像一艘不沉的航船
太阳依旧早出晚归，树下却不见
老人的影子。谁也猜不透
老房子几十年的命运
也没有人议论房子和它的主人

2020 年 7 月 27 日

# 梨　树

在春风的家族中，梨树是迟到者
开花最晚，挂果也最晚

白居易说"梨花一枝带春雨"
这是表扬唐朝美女的想象抒情
纳兰性德说"落尽梨花月又西"
这是悔不当初的凄凉迷离

其实，今天的梨花是昨天的轮回
何况它的雪白不仅仅供观赏
更是为了孕育饱满的果实

文人欣赏一树梨花的洁白
果农喜爱树枝被梨子压弯腰
卖水果的商人宣扬梨子的功效
我只爱唐诗中的梨花
也爱老酒泡梨子的陈年美味

2020 年 7 月 29 日

# 怀念一套旧军装

每年的 8 月 1 日，我就想起
1979 年 12 月的那个细雨时节
接兵首长递给我一套新军装
郑重宣布，我已经成为一名军人

两年后我复员回乡，那套旧军装
同我的军旅生涯，在德令哈扎根
四十年，军营的词语总在耳边响起
那套旧军装与德令哈
成了一生的记忆

半醒半梦之间，军装的魂
行走在德令哈广阔无垠的戈壁
将黑夜撕为碎片，只为等待
东方的黎明悄悄靠近

怀念一套旧军装，只为军人的味道
永不变色。把青春燃烧的岁月
放置在人生背景的高处
把德令哈的军旅之路
和那套旧军装，作为初心牢记

2020 年 8 月 1 日

# 想念一首歌

不是流行歌，却在阳光下闪烁
也不是轻盈的港台曲
是《铁道兵战士志在四方》
虽然我只当了两年兵
但这首歌，却跟随我一生

人生遇险时，我会高声唱起
背上行装，勇往直前
相逢困境的日子
我就唱着"劈开了高山填大海"的
词句，勇敢面对
这困难重重的社会

铁道兵的兵种也许会被遗忘
但这首"志在四方"的歌
无论春夏秋冬如何变幻
肯定永远不会变色
因为，这首雄壮的歌
种在铁道兵战士的生命深处

2020 年 8 月 2 日

# 故 乡

回到故乡，一定守候一锅
浓厚的酸汤煮猪脚
这是舌尖流淌不尽的乡愁
就着长盛不衰的记忆
在热烈的酒杯中拷贝成故事

乌蒙高原，以你的名义起誓
虽然远离故土，却用家乡的尺子
丈量人生。回忆里全是老家的麦子
就连味觉也是红豆酸菜的本味

照彻黑夜的是故乡的月亮
浸透骨头的是乡土的风水
就连梦里也弥漫着童年的炊烟

曾经生活过的乡村，是成年人的港湾
而所谓故乡，其实就是一段人生的寄存

2020 年 8 月 4 日，于故乡

# 坟　山

绿树林立，青草划出一块地
那就是老李家的坟山，背靠乌蒙
前面也是乌蒙群山

高祖母埋在这里，曾祖父、曾祖母
也埋在这里。不知他们生，未知他们死
只知他们都是老李家的老祖人

后来，六十岁的父亲来到这里
去年，九十八高龄的母亲也来到这里
他们都把这里当作另一个家

我回到故乡，一定去看看他们
清明时节，也特意给他们烧纸，磕头
敬酒。顺便说说这个世界的事

再过几十年，我也会离开亲人
皮囊只能留给我生活的城市
灵魂必须回来与父母团聚

2020 年 8 月 5 日，携贤婿、小女回故乡，为父母扫墓，晚归记之

# 贵贵阳

儿童时代，不知道这种鸟的名字
因为它发出的声音"贵贵阳"
很动听，很急速，越叫越凄厉
所以，村子里的人都叫它"贵贵阳"

进了城，才知道它叫鹰鹃或阳雀
也有人称之为三声杜鹃
说它的叫声不是"贵贵阳"
而是"民贵呀""民贵呀""民贵呀"
据说古蜀国的帝王死后牵挂百姓
他的灵魂转世为三声杜鹃
每日天快亮时飞到宫殿围墙
提醒后来的执政者，要以民为贵
啼叫到泣血染红了杜鹃花
还在不停地呐喊

这个虚拟的故事很感人
当然，果真如此又何尝不好

小时候，它的叫声如一团火
神秘，迅疾，从容燃烧
总让少年的梦境灼热而不可遏制
直到它的叫声植入泥土
全家老少一天的日子才开始

如此回不去的童年，说得再多
也只是"贵贵阳"的话外音

2020 年 8 月 5 日，于故乡

# 大青树

确实不知晓它是什么树种
因为长在一个山头的旁边
俗称作青树子老包
故呼之为大青树

有雨的童年，树冠像一把天大的伞
抵御多少次风雨的侵袭
烈日炎炎的三伏天
树下就成为少年的游戏乐园

大青树的大，是因为十几个人牵手
也量不出它粗壮的腰围
至于它的年龄，早在 1970 年
我问过七十多岁的外公
老人说不知道。但又慈祥地对我说
像你一样大时，我也问过
七十岁的祖母，她也说不知道

狂风吹过，冰雪冻过，雷也击打过
大青树威风凛凛，依然故我
牢牢占领四季，把神话带给乡村
把年轮还给几千年的岁月

好大一棵大青树，如果是神树

您释放出的能量让整个乡村

更有生存的底气

2020 年 8 月 8 日，于故乡

# 一匹马的悼词

它叫鸭青花，父亲精耕细作的一匹马
咬架，驮煤炭，拉车，全村冠军
它依赖家，家其实更依赖它
无论阴晴雨雪，只要需要
鸭青花从不吝啬力气

贫困的童年，它是我长途的摇篮
青春年少，又成为驰骋乡村的战马
混迹于年轻的伙伴，双蹄腾空的日子
是我骄傲的资本。连它的叫声
也是乡下丰富的曲调

有十年的时间，它拉着父亲的板车
把县城运输到乡镇，又将乡村的民风
送进县城。鸭青花挣的工分最多
父亲自豪地说，它是家里的主要劳动力

我要去青海从军，因为鸭青花
想象自己是一名优秀的骑兵
在部队，父亲和我的每一次通信
总会讨论它：它的气味，它的肥瘦
以及它每天吃了多少草料，干了多少活

去省城读大学前，我牵着它

来到山中一块青草茂盛的洼地

鸭青花青春不再，步入老年

我对它说，鸭青花，我上大学了

寒假回来再与你玩耍

它没有回应，眼里流出一滴苍白的泪


三个月后，父亲卧床不起

鸭青花也病得很重，远离奔跑的梦想

不久，它结束了马的一生

第二天，父亲骑着它去了天堂

2020 年 8 月 9 日

# 麦　子

冬种夏收，汲取了季节的养分
老家的麦子来到世上
阳光灿烂地进了家门
秋天的梦想在夏天完成

麦子最适合与人群相处
面条，大饼，饺子，馄饨
还有大麦酒，都是它的后代
它的骨头养活了人的肌肉
而麦芒，在诗人眼里是尖锐的思想
翻滚的麦浪，则成为画家的远景

雪地站立的麦苗，傲慢而诗意
春雨的滋补，富饶了飘逸的丽质
夏天的骄阳燃烧耸立的麦芒
麦粒印染了笑逐颜开的农人

我不知道一亩麦田会有多丰富
但我知道动词"收割"的内容
也明白形容词"饱满"专属于麦子
还知道它的肉体，喂饱了地球人的灵魂

从土地里来，又回到土里熟睡
老家的麦子绝对非转基因
有了它的存在，再高档的餐馆
都诱惑不动钱包的奔放

2020 年 8 月 11 日

# 红辣椒

老家人都叫它海椒，不知道是什么缘故
问一下百度，是茄科辣椒属植物的统称
实际上就是辣椒。明朝人叫番辣
云贵川都叫作海辣

吸足了四季阳光的精华，它的红
爱得发狂。未吃便知思想很辣
开花时，并不招摇过市
结果的时节也默默默无闻
到餐桌上，舌尖才明白喧嚣的味道

四川人不怕辣，贵州人辣不怕
云南人怕不辣，只有湖南人敢宣布
怕吃辣椒的人不配做革命者

如果看见谁家的围墙上挂满红辣椒
这家人，是不是彻底的革命者

2020 年 8 月 12 日

# 古树茶

在云南的深山老林
有许多千百年长成的茶树
大片大片的叶子
在阳光与风雨的交替中
回荡岁月的沧桑

安卧黑土几百年，蓝天白云下
郁郁葱葱的梦想疯长
待到千年后的清明节
采茶女会从大树的枝丫上
获取很多心得

古树茶可以独饮
也可以把煮沸的心愿
与朋友们分享

如果是一个懂茶道的人
他会让远方的朋友
从有关茶的词语中活过来
回到洪荒时代

2020 年 8 月 16 日

# 李 子

桃红李白杏粉，这是春风一家
花开的区别。作为花的儿子
李子的功效很多
美容养颜，促进消化，富含花青素
可是，小时候穷，把它当饭吃
现在想起可亲的李子
牙齿就发酸

老家的李树孤芳自赏
独自开花结子，除了地下
游荡的鸡，望果实而兴叹
李子就像无人理睬的孤儿
挂在不高不矮的枝头

乡愁，只有老人，零星的几只鸡
挂果或不挂果的老树
迎夏送春，寂寞地消费
愈来愈古旧的土地

李子和它的伙伴历经寒暑

待到春来时，依旧百花争艳

果实熟透后落进泥土

来年也会在空洞的乡村

长出一棵李树

2020 年 8 月 20 日

# 东风神韵

很多年前是东风农场
知青和被改造干部的故乡
现如今，红色故事
已被民间艺术家，用一块
又一块的红砖堆叠成
诗意的神韵。游人如织
今天的景观不是他年再现

高耸入云的红酒瓶
如同阳光下的彝人火把
燃烧着亘古不变的火焰
童话行驶在火把森林遮盖的他乡

左边的薰衣草吹来紫色的风
右面成片的葡萄，让肠胃焦虑
花草开放的音响不是历史的回声

人在神韵里穿梭，希望时间
永远定格成现在的风景

2020 年 8 月 22 日，于弥勒市"东风神韵"

# 可邑村

阿细人居住的远古村落
黄色的墙壁，黑色的瓦
土木结构的房子，一幢紧挨一幢
被游人机械的双眼接纳

百年前的核桃树，拼命结果
不是为了讨好看客
只是一种丰收的疲惫重复
把香味送给四面八方

我来了，是因为心中装着一座山
以及山里清脆的空气
还要闻闻，纯粹古朴的山风
领悟千年不变的壁画。我来
只为亲自体会，这个传说中
接近天空的栖居地

阿细人是彝族的一个支系
乡民都是我山中的亲戚
我的梦想就是"阿细跳月"的旋律
《阿细的先基》①里流淌我祖先的血脉

2020 年 8 月 23 日，于弥勒市可邑村

①《阿细的先基》是彝族支系阿细人的创世史诗。

# 苦荞

喜欢苦荞开花的声音
在风中，涌动着季节扑面而来
七色闪烁的光彩，夺人眼目
穿插在坡地，喧闹
但不狂妄

这是乡村最璀璨的时刻
不是花开，而是花谢之后
漫山遍野奔跑的荞子
每一朵花都包裹一颗荞粒
饿饭的荒年，苦荞的味道
很甜。比艳丽的花实在

苦荞的家在高寒山川
生命在风雪中驰骋
冰冻杀死来犯的虫子
只有蜜蜂和蜜蜂的姐姐
蝴蝶。翻山越岭，不辞辛劳
跑来与苦荞花约会

在城里，我喝着商家的苦荞茶
帮助消化，功效显著
至于降血糖，抗病毒，抗癌防癌
延缓衰老，美容养颜，护肝养肝
不知道有没有作用

我只希望，每一杯苦荞茶
浸泡着，大凉山的某个村庄
或者老家的一座高山

2020 年 8 月 29 日

# 苞谷林

翠绿色的青纱帐里
装满童年长长的记忆
连梦想，都惊天动地的绿


不知道影子印染那片叶子
沿着叶脉的走向，灵魂
被送回粮食深处


曾经躲猫猫的游戏王国
偷看过村子少女的伤心
不知道她的哭，是思念
还是被流浪的人抛弃
也许是情感在苞谷地里发芽


每一株植物，都记载着
一户庄稼人的姓氏
从一片苞谷林，穿梭到
另一片苞谷林
将游戏交给另一个游戏

不知饥饿的年代，用心灵

认真守护一片苞谷林

不仅是童年生活的起点

还因为，没有化肥装备的理想

从纯天然的庄稼地启航

2020 年 8 月 31 日

## 蚕豆花开

开得很朴素，因为春阳的沐浴
一朵又一朵地从根茎冒出
不招蜂引蝶，只有风
能听见，蚕豆花开放的速度

秋天埋下的种子，在春天
摆出各种颜色的造型
天然的组合搭配
在叶子下，静静怒放

从花朵到终点，只有蚕豆
证明你来了又去的转世
不同花纹的骨头
结出的，是同根同种的果实
因为太平常，在你的出生地
也很难听见赞美的声音

清明时节，从城市返回故里
老远老远就看见
不招惹是非的花瓣
点燃了，童年的味觉时光

2020 年 9 月 1 日，观照片所得

# 棕榈树

外衣被人为地剥离
搓成绳索，以一种力的外形
悬挂在自缢者的上空
在肉身与灵魂之间
寻找生或者永恒的滋味

头发是鸟类的树林
是天空的绿，撑起的伞
能遮盖男人的欲望
恋爱的乐园，平静展开

不是有棕榈林的地方
都有故事。也不是所有的
行吟诗人都会守在树下
只有伤心或快乐
才使棕榈林的深处
闪烁着谜语的深厚蕴含

棕榈树给人的温暖
亲切又狂放。让美人变傻
让男人沉睡到夕阳西下
棕叶下的天堂
离灵魂很近，离人很远

2020 年 9 月 5 日

# 毛毛虫

美丽的家族，兄弟姐妹
很多。有十一万种
最常见的，老家叫"和辣子"
黑白红相间的绒毛
在叶片上展览彩色的词汇

受到惊扰时，瞪起假眼
向进攻它的所有敌人
发出一嘶嘶的怒吼
或者想象一种蛰伏
用伪装的伎俩骗过对手

蠕动的逃亡，牵动一个深秋
不知征途有多远
匆忙之间，理想变成
一场集体表演的抽象艺术

2020 年 9 月 8 日

# 教师节

记住这个节日的，永远是学生
祝福的微信铺天盖地
因为他们是老师培育的果实
到了这一天，自然想起
园丁在杏坛的寂寞和辛酸

第一个教师节，各级领导
齐上阵。开座谈会，发奖金
第二个教师节，又重复一遍
第三个节日到来，又重复仪式
第四、第五、第六……个教师节
都不断地复习固定的模式
第 N 个教师节，他们都得了渐忘症

教师是一种职业，说光荣
当然也很光荣。说贫贱
似乎也贫贱。对于我来说
就是一段往事。如果陌生人问我
干什么工作，只好低下头说
我是教师，一辈子都是

2020 年 9 月 10 日，教师节

# 西红柿

超市清水洗涤后的鲜艳
与菜农摘下的区别，就在于
出生时的芳龄被修改

摆在盘子里的美味
有商人化学污染的成分
农药的味道经久不衰

长在枝叶上的形状
迎着阳光展开红红的笑脸
那才是我所爱的西红柿

西红柿，脾气最温柔的蔬菜
随意配置，它都乐意
炒或煮，本味全留在张狂的胃口

2020 年 9 月 11 日

# 燕　子

今晨，把唐诗宋词唱进我的耳朵
岁月在"啾啾"的空白处
回到故乡河山的缝隙

不管你是不是，昔日王谢
堂前的飞燕。在老家的屋檐下
旧巢还藏有你的温度

春天，少年放牧归来
用方言问候你翻飞的翅膀
总想在雨季到来时
听完天空传来的歌唱

杏花还没有盛开，燕儿已经北归
在梦里，穿插的羽翼晃来晃去
爱不释手的惦念
在童话的记忆里生长

2020 年 9 月 12 日

# 乡 村

每一次回家，只会增添
一种残忍的真实回忆
那些熟悉的老人，一个又一个
去了另一个陌生的乡村
少年的旧识，有的去了黄泉
活着的，已成年老润土

古老的乡村很大，却装不下
几十年前的故事
现在的乡村很小，小得
找不到一双旧识的筷子

梦中的乡村是天堂
那些被破坏的风俗
不知道，在何处浴火重生
回不去的乡村老路
到底还有多远

2020 年 9 月 14 日

# 沉　默

这些年，变得很沉默
不是不想说话，而是有
许多的话，藏在灵魂的
另一边，不愿说出

丢失的一段生活
遗落在城市的大道两旁
不知捡到的人能否明白
那是没有遮蔽的明光

有时候，话已经来到嘴边
一道无形的门将它堵塞
回到肠胃慢慢消化
让心灵的动感，在堆满
语言的内心，返回原始

往事，总在没有颜色的夜晚
与另一个我对话
想起曾经驻扎在往事中的人
有的还在远方，有的近在眼前
远方的令人向往，眼前的
却依旧陌生，而且让人害怕

2020 年 9 月 15 日

# 一瓶烈酒

70 度，喝下去，喉咙，呼吸道
一路热。到胃里还在燃烧
即使与小便一起放出
颜色和温度也与寻常不同

同桌共饮的是旧时故交
三杯两盏，口气与酒精发作
陈年旧事如数家珍
全部呕吐而出

第二天醒来，想不起
昨夜说了什么酒话
只要赌注不是生命
就算吵架吵到天昏地暗
又有什么关系。反正
酒桌上说的话可以忽略
不然，70 度的烈酒
岂不白喝

2020 年 9 月 16 日

# 核桃树

你站起来，风往后退
站立，是你伟岸的风度
阳光照旧，雨雪照旧
狂风吹来也岿然不动
或许，这就是树的立于不败

每当看见你的孩子，穿着铠甲
在城市的大街小巷窜动
就想停下来，回想少年
在树枝上跳舞的时光

一片树叶落下来，是一季
一个核桃掉在地上
是一生。如果长出一棵小树苗
则是一世轮回

核桃树，是让人信任的树
童年的快乐，因为有你
才具备完美的高度
如果某一天，回到你年老的树下
不知道，怎么向你诉说
无法完成的人生目标
以及多年来的心理负担

2020 年 9 月 18 日

# 白萝卜

是蔬菜，也是药材
如果你饥饿，千万不要
用萝卜充饥。因为它会让你
更饥饿。饿了不去萝卜地
这是千年不变的村俗

冬吃萝卜，是养生的谎言
如果一年四季都吃
肠胃会得到长久润滑
比电视里宣传的药还管用

埋在土地的深处
萝卜有一种静默的能量
拔出来，失眠一季的颜色
白得亮人。像少女的小腿
在月光下行走

2020 年 9 月 21 日

# 一条小路

像无数跳动的诗行
把山里人带向梦想的远方
虽然弯曲，细小，坑坑洼洼
沿着太阳升起的方向
努力前行，也能通向罗马

山再高，水再远，路再长
不停地走，穿越老鹰用嘶鸣
编织的风铃。再捧上
沉默不语的山花
骑着雄壮孤独的骏马
前方，就是理想的口岸

心中有一条小路
身边就有遥远的故乡
父母在路的那头
客居异乡的游子没有方向

记忆在小路上生长
人生从这里起航
小路虽然小，却能通天
如果被拓宽成高速大道
所有回忆都没有片段

2020 年 9 月 24 日

# 阴 天

没有阳光普照
大地变得非常脆弱
在土地里安居的虫虫蚂蚁
拱土而出。大摇大摆
高昂着兴奋的头
迎着行人出没

黑白相叠的云朵
像天上的巫婆，用巫术
遥控地下的人类
冷雨在秋天大行其道

阴天，人的精神很沮丧
心灰意懒。形而上的哲理
被冷风一扫而光。只有喝酒
才能重新点燃自由的欲望

偶尔有阳光落下
也无法改变世界的模样
因为阴天已成昨日

2020 年 9 月 25 日，天阴数日未见阳光

# 草　甸

想在心里造一片草甸
背靠大山，前面有泥塘
左边的蜜蜂飞扬跋扈
右边的蝴蝶翩翩起舞

所有的云彩没有污染
只有牛羊的白日梦
行走在地上

树林发出甜润的声音
鸟儿的鸣啼，没有撕心裂肺
山坡上，野花尽情地开放
草地上谈情说爱的昆虫
成群结队而来，如同赶街

如果饥饿，直截了当的午餐
是清泉就着野果
或者采撷一把野花
塞进饥渴的肠胃

这片人迹罕至的草甸
不是一首歌，也不是梦想
它其实是，我五十年前
放牧群山的地方

2020 年 9 月 26 日

# 名　声

一个人的名声，就是一只鸟
雁过之后，是否留下痕迹
只有自己知道

2020 年 9 月 27 日

# 痛　苦

对于坚韧者，痛苦
就是一片羽毛
风一吹，就飘飘欲仙

只有脆弱者，最在乎痛苦
经常感觉到苦难光临
如同一部厚重的历史
压抑得喘不过气来

赤条条来去无牵挂的人
因为一无所有，痛苦或喜悦
变成无色无味的烈酒
任凭庸碌生活在杯中燃烧

如果用一生等待痛苦
日子就不会有未来
如果凡事都后退一步
痛苦就自然远离
是男人，就请你记住
不要用眼泪溶解痛苦

2020 年 9 月 28 日

# 成　功

功成名就，也不过是
历史沉重的证据

2020 年 9 月 29 日

# 德令哈的山

雄踞高原的四面八方
俯视连绵不断的草场
它们是昆仑山的好兄弟
护卫着美丽坚韧的德令哈

这些高于生活的群山
把厚重的山风搬来搬去
在雄鹰的翅膀上翻腾
固守着八音河两岸的宁静

太阳之下，金色的影子
倒映在羊群的背上
迷途的牧人看见山的倒影
回家的路，就不会漫长

四十年来，常常在梦里
仰视它的高贵和坚硬
如同记忆里孤独的骏马
试图与群山对话
找回我十八岁的年华

2020 年 10 月 1 日

# 八音河

八种不同颜色的声音
溅起欢乐的歌声
从德令哈起航，一路向西
朝着骏马奔腾的高原流去
那是一条载动梦想的河

没有暗礁，也没有险滩
更没有峰回路转的暗流
平静的水面装满善意
航行方向是天空的太阳

朝晖洒在河面，水静静流淌
羊群汲取浪花的温度
饱食无虑，在草尖上抵达

夜晚，河面上的木船
摆动着银色的月光
也许河底的世界
才是人类几万年前的故乡

2020 年 10 月 3 日

# 宝　鸡

四十二年前，我就路过宝鸡
那时候，不知道这个有趣的命名
是唐玄宗逃跑时的杰作
我坐在运送新兵的闷罐车里
从小窗口，偷偷看一眼
这个城市灯火稀疏的夜晚

今天来，是战友的公子
在这座历史厚重的城市
举行欢庆的结婚典礼
才有时间用脚步丈量
四十多年前的相遇

炎帝故里，能不能找到他的儿孙
青铜器在博物馆发出的声音
是不是上古的韵味
法门寺里的舍利子
有没有佛的智慧遗传
宝鸡学的深刻到底有多深
这些我都不知道

作为客居两天的旧识
除了西凤酒的浓度之外
我真的不明白宝鸡之宝
最宝贵的，是放在何处
但我知道，今夜的宝鸡
只属于这对执子之手
男帅女靓的年轻人


2020 年 10 月 5 日，于宝鸡

# 西安逛街

贾平凹先生笔下的"废都"
其实看不到一点"颓废"
街面上，行人挤着行人
陌生的符号，已经注定
在今天某个时刻相遇
宿命的人生变得简单
不管谁等谁，终将是一个
没有结局的开始

阳光退回云朵的故乡
秋风吹拂钟楼的铃声
仿佛唤醒千年古都的记忆
上来下去的人，谁也不搭理谁
都成了对方到此一游的证据

繁华的后面有老屋存在
作为旧时代的孤证
经营的范围张牙舞爪
躲在现代化商城的后面
干着几十年前的营生

秦砖汉瓦堆砌的名人故居
一言不发地蹲在树下
打开门，就闻到深厚的历史
迫不及待，向四面八方扩散
弄得络绎不绝的游客
喘不过气来，还以为梦回唐朝

2020 年 10 月 6 日，于西安

# 羊肉泡馍

每次来西安，首选的美食
当然是，满街乱窜的羊肉泡馍
羊是山里正宗的原产品
馍来自历经四季风雨的小麦

羊肉泡馍亦称羊肉泡
古代的文人又叫作"羊羹"
苏东坡的"秦烹唯羊羹"
证明美食家苏轼也曾被诱惑

这道源自渭南的小吃
烹制精细而料重味醇
肉厚汤浓又肥而不腻
今天尝到的，依旧是宋代
香气四溢的回味

来西安不食羊肉泡馍
岂不是白白浪费了路费
纵然看完全部大唐风景
没有一饱"羊羹"口福
就不算真正到过西安

2020 年 10 月 7 日，于西安

# 剑 兰

稍不注意，阳台上
置之不理的剑兰
长得旺盛喜人
艳丽的花，不知是
哪个妖姬的魂

独自抽烟的日子
很想与它说几句话
想说不说之间
它竟敢长得比人还高

时不时浇水，灌注它的肉体
不是怕花朵凋谢
而是怕剑一样的闪光
把窗外的岁月划伤

放生花朵，回归春天的泥土
又未知，它的故乡在何方
相处时间太久，又怕
剑一样危险的美丽
刺痛失眠的黑夜

2020 年 10 月 11 日

# 夜行戈壁滩

月光从山顶退下后
它的影子变幻成
另一种物质，山非山
树木亦非树木
模糊的视野，让夜行者
常常失去方向

没有亮点，也找不到
白天高山的倒影
只有戈壁尽头晃动的光
那是羚羊飘荡的双眼

夜间在戈壁滩行走
不要开口说话
辽远的高原
会将你的声音放大
沙漠深处的饿狼
会循嗓音而来

夜晚，德令哈的风
很有性格。从戈壁滩最高处
巡回展览。如果夜行迷路
就沿着风的方向
向着牧场的光芒走去

2020 年 10 月 16 日

# 禄　充

山是水变的骨头
水是山转世的魂灵
在山水重叠之间
生活着一个朴素的村落

禄充，从山顶掉下来的村庄
有时挽着水的翅膀
在看客之间游荡
在你很小的体积内
装着高山的姿势
也有向大海航行的梦想

我游历过无数次禄充
每一次呼吸，都重新开始
也曾迈步向大山看齐
也向水的最深处伸出双手
这些人生踪迹，都留给
属于别人的影集

用仙水洗漱的禄充

游人已走，山水依旧

只有思归的烟尘

念念不忘，被烤熟的青鱼

2020 年 10 月 17 日，于玉溪禄充

# 抚仙湖

是不是仙人恣意浪漫的水域
我不知道。今天来访
并非寻觅 1998 年的影子
也无意到你深厚的湖底
探测千年的仙人部落
只想在湖水的最浅处
留下一个平常指纹

二十多年，那些热门的黄金海岸
只有遗嘱还站立岁月的湖边
岸上陈年旧事的房舍
在一个拆字的引导下
都赋予爱恨情仇

抚仙湖，柔肠清脆的水平面
或许是仙人梳妆的铜镜
如果水底有情投意合的白骨
那么，就算抽出李白的刀
也斩不断稳如泰山的水流

抚仙湖，我在深秋时节来看你
来了又去的次数不是很多
但我闭上双眼，也用能方言
喊住你的万载青春

2020 年 10 月 18 日，于抚仙湖边

# 两棵树

一棵是大榕树，一棵是小榕树
不知道它们是相互的影子
还是亲密无间的兄弟
也许都不是，就是两棵
一年四季的常绿乔木

大榕树生性坚硬，树姿丰满
站立在小榕树的前面
虽然不能给它遮风挡雨
但小榕树肯定有安全感

小榕树，冠如伞，站在后面
显示大榕树的高度
而它的海拔，其实略高于
挺拔，能抵御强风的大榕树

去校园的路上，我总是
穿插在两棵榕树之间
越过郁郁葱葱的枝叶
仰观宇宙，思考天空的哲学
或者背诵当下的主流词汇

2020 年 10 月 21 日

# 毛毛雨

走在城市的街上
毛毛细雨来问候
白发有湿漉漉的感觉
脑子被润滑，许多想法
乌七八糟。想表达一种
雨的哲理，或者不出声

行人的双眼空空洞洞
地上有许多隐藏的身体
天空没有飞黄腾达的鸟群
人间没有暴跳如雷
大家都活在一首歌里
幸福真的不是毛毛雨

点点滴滴的时光
有的在伞下，有的在云彩
细雨弹奏的尘埃
无法落地。一些无言的翅膀
留恋空中的爱情
没有闪电雷鸣
暴风骤雨会不会
不请自来

2020 年 10 月 23 日

# 地　铁

进了地铁站，空气不属于
你我他。雨无法落脚
太阳被大地隐瞒
只有游走的洞穴一往无前
邻人都是陌生的自己

停泊一个站，一些人下去
寻找新的猎物。一些人上来
收集不同的眼光
在假想中开始新的旅程

每一节车厢，都如同
一座流水作业的鸟巢
来来往往的人群
怀着不同或相同的动机
把社会缩小成空间

人生不知有多少次进站

更不明白有多少次出站

每次进站，见到另一个影子

等到出站时，所见之人

都成一只熟悉的耳朵

或者重复的记忆


地铁有终点站，人生呢

背着各种时间朝前走

等到背不动的时候

一切交给命运


2020 年 10 月 24 日

# 重阳节

九月初九，没有登高远望
没有祭飨天地万物
躲在书房，在唐诗宋词里
体验这个特殊的节令

2020 年 10 月 25 日

# 鸟　巢

像黑色的陶罐，高高在上
太阳的反光，照亮了空间
圆润的蛋，紧紧包裹着
飞翔的种子。鸟鸣是欢乐的
巢穴里的子孙也很欢乐

少年曾向无数个鸟巢
投掷石子，陶罐被掀翻
石子与阳光下沉
鸟蛋在肠胃里翻腾
那是无知而饥饿的年代
唯一的蛋白质

今日树枝上的鸟巢
是未来群山中飞行的魂
有天空的地方，都是希望

在树下漫不经心地
来来回回，不是纪念
当年的无知。只想听一声
小鸟张开的嘴，向着
世界歌唱。假如它们想
与我对歌的话，我也乐意
因为我明白，鸟与我
都是地球上的平等公民

2020 年 10 月 29 日，爬山，有感于大树有鸟巢

# 省耕塘

三十多年前，是一泉清澈的诗
水边的野草，紧贴四季温度
三十多年后，用内心走完
这个昔日的近郊水库
不知道水中的野鸭
是不是当年水族的子孙
岸边垂柳下的梦境
被时光偷得一干二净

如今的水面，高楼大厦
成为繁华的背影
百亩农田，被失眠的鱼霸占
在人工的灯光下踱步
皮鞭，也抽不醒从前的记忆

水在前行，生活日新月异
扩张后的原生态池塘
被现代化技术装点得
更繁荣，更气象万千
但我还是向往，三十多前
躲藏在苞谷林中的水塘
那一汪泥巴吐出的温馨
能盘活一季庄稼

2020 年 11 月 4 日，于昭通

# 彝　王

站在磅礴乌蒙的山顶
四季河山被你划分成
六个部落。酋长率领子民
向既定目标，迈出了
开疆拓土的第一步
开放文明的六祖分支
展示了一个民族的荣光


山下是圣泉葡萄井
晶莹透亮的水珠
滋润着天地间的万物
朝圣的彝民，口渴喝三杯
口不渴，也要喝三杯


所有逝世的彝人
不论肉体在天南地北
沿着指路经的方向
灵魂都要回到祖灵圣地
回到您战斗一生的故乡


2020 年 11 月 5 日，于云南昭通六祖分支广场

# 昭通苹果

霜降后，依然坚守树枝
寒冷将杂味从肉体剥离
阅尽风雨，与冬天握手
把甜心稳稳收藏

因为有四季撑腰
你的招摇过市没有错
风安慰滚动的灵魂
雨滋润椭圆的身体
阳光红了又红光洁的脸庞
昭通苹果，天地万物的最美设计

总有鲜艳的美丽轮回
一年又一年，在昭通坝子
人民用勤劳的汗水
写下味觉甜蜜的感叹号
让不同的岁月，以相同的方式
从南到北，回报天下众生

2020 年 11 月 7 日，于昭通

# 黄 昏

找不到李商隐的向晚意不适
也没有回光返照的夕阳
自然不用作别西天的云彩
黄昏，如同喜怒无常的人
来到你身边，无色无味

有人安稳地守卫家庭
有人出去跳广场舞
有人在麻将桌上赌人生
我什么也不会干
只在烟雾中读一读
英汉对照的《狄金森抒情诗选》

每个人都有一个黄昏
总统或者乞丐，都要面对
流逝的岁月。这是人的社会
独一无二的法则

不用担忧时光流逝
只要不仇视黄昏，任何时候
你都是心灵自由的人

2020 年 11 月 9 日

# 秋　风

扫过漫天飞舞的落叶
那不是落叶，是季节的轮回
是风力嗅觉敏锐的表演
撕下一棵树的伪装
让时间回归正常秩序

从天上的抖下来的风
长成闪电的模样
落在深秋的大地
让今年的花草树木
开始又一季孤寂

我在秋风中俯下身
只捡到一片鹰的羽毛
但我真实地听到
雄鹰搏击长空的怒吼

独立归去的山鹰
在天穹挣扎的大鸟
会不会，来自遥远的村寨

2020 年 11 月 13 日

# 贵阳的阳光

天无三日晴，这是传说的贵阳
但也说明，贵阳的阳光很贵
很不容易亲近人类


当一群热爱火的人相聚
初冬的高阳，穿越时空
照耀离天空最近的山城
群山的背影，越来越明晰
彝王的子孙，跪接诗神阿迈妮
让她的灵魂，又一次
光明正大地俯瞰华夏大地


在贵阳，阳光静静绽放
诗与酒，走进云贵川渝
在来了又去的路上
被供奉的诗圣，千年一遇


2020 年 11 月 15 日，于贵阳

# 阳　光

我不奢求任何物质的欲望
只求一米之内艳阳高照
那样，客居异乡的我
心中就装着山寨的火塘

一米之内有阳光
我的温暖就是人类的温暖
一米之内有阳光
世界就会变得美丽
万物生长，春天永驻
冰寒远离人间

一米之外有阳光
陌生人都不陌生
仇人相见不会眼红
一米之内有阳光
魔鬼也会成天使

2020 年 11 月 19 日

# 三到福州

第一次到福州市开会
第二次来也是开会
会后拜访了许多名人故居
品尝了这座城市的伟大

这一次是为学校，也为我
出差。第三次来到
这个不平凡的城市
见到了学者，朋友、专家
与同事喝了一场酒
晚上回到旅馆
痛痛快快冲个澡
第二天前往北京

2020 年 12 月 5 日夜，于福州

# 又到北京

无数次去过首都
回到云南，身体总会失落
像百元大钞找回来的零钱
思想七零八落

初冬，北京刚下过雪
鸟巢下没有候鸟飞来
我不是鸟，我是来朝圣的凡人
雪的灵魂来不及对话冰
寒风悄悄从我脸走过

在北京，听到的都是甜美话语
就连烈酒，吞咽的味道
也没有丝毫的辣
在初冬的阳光下散步
来来往往，都是陌生的熟人

在遥远的北方，相隔千里的
南方恋人，居然心心相印
彼此进入对方的梦
我躺在紫竹院的宾馆
未知梦中的面孔，是否真实
在北京，我肯定被潮流消化

2021 年 12 月 7 日，于北京

# 运河公园

去通州看朋友，朋友带我
去看大运河的码头公园
历史潮流从这里停滞
名人却在石碑上永恒

大运河的历史很长
当年繁重的河运、漕运
是帝王将相的生命线
作为京城的东大门
南来北往的帆船
不知演绎了多少杀伐故事

与朋友和朋友漂亮的妻子
在码头的船上畅谈往事
牛肉与酒都堵不住
许多年的友情。仿佛彼此
都还在四十年前的青海军营

牛肉真的很鲜美
但我坚信，变成牛肉的牛
肯定不是喝运河水长大

2020 年 12 月 8 日，于北京

# 柿子的悲伤

看见红色软弱的柿子
在超市滚动，忽然觉得
冬天应该是柿子的悲伤
因为所有柿树的孩子
从依傍的枝头掉下来
一个又一个死去
即使被压迫成柿饼
谁又听到，挤压音节的痛

肉身进入人体，没有记忆
更不会有轮回
柿子内心深处的理念
是一种无形的存在
就算被人狼吞虎咽
它也曾经很伟大的活过

夏季，绿叶一树盛开
青涩的果实，连雀鸟
也懒得啄食。蓝天落下来
树叶遮蔽了阳光的味道
只有雨水击打果实
让它们快乐地生长

到了冬季，柿子落地的形式
画出一个死亡的惊叹号

2020 年 12 月 11 日

# 冬月风

冬月的第一天，冷风
跑进我的怀里
发出呜呜的鸣叫
我闻到冬天的声音
从遥远的北方
铺张浪费地向春城涌来

夜晚，冷雨悄悄地说话
将春城的温暖融化
寒风的翅膀落入人的梦里
没有痕迹。明朝起来
感冒一定光顾很多人

我早早醒来，实在不想
贿赂冬天。翻出多年前的
防寒服，裹紧不惧冷的肉体
昂首阔步，走上育人的大路

2021 年 12 月 15 日（农历冬月初一）

# 今日冬至

从这一天开始数九
大地寒风盛开
上帝关闭暖和的大门
人人都在为过冬做准备
我没有，不是不惧冷
而是心里装着故乡的火塘

就着陈年腊肉，孤独啜饮
翻开去年的诗集
想在诗歌中加点盐
在盛酒的兕觥中添点糖

一个人的冬至，虽然不至于
心低意沮。但心路茫然
情感烟消云散之后
命运是不是还掌握在手中

冬至是节令的一面旗帜
日子从今天开始修改
白天会变得短暂
夜晚却很沉重

2020 年 12 月 21 日　冬至

# 从窗口看世界

内心不安的时候，掀起窗帘
看外面精彩纷呈的世界

白天，远处的红色高楼
人来人往，蠕动的身影
朝着教室，图书馆，餐厅
来来回回穿梭。那是发工资
给我的大学，从窗台眺望
内心就更加充实

近处，都是邻邦，看着他们的
倒影，在小区的路上重叠
不知不觉，生活的滋味奔涌而来
情绪就自然地稳如泰山

有时候，映入眼帘的
是熟悉的大树和陌生的鸟
翅膀在太阳下飞黄腾达
大树依旧，鸟巢换了主人

从右前方遥望，滇池边的高楼
日新月异，而且顽固不化地
在水边滋长。未知是水的意志
还是人的操作。也不知道
谁是高楼阴影里的盗贼

左边是健康成长的幼儿园
他们有的像欢呼的鸽子
有的像张开梦想的雄鹰
听见牙牙学语的吵闹
灵魂顿感欣慰

夜晚，拉上厚实的窗帘
飞出窗户的思想，还在大地漫游

2020 年 12 月 27 日

# 岁末这一天

2020 年 12 月 31 日，一年的尾巴
说来就来了。我无所准备
回想这一年：出书三部
发表了一些不该发表的诗文
和许多朋友在酒桌上
推杯换盏之后
放荡了一些没有必要的牢骚

交更之前，默默祈祷上苍
请那个叫新冠的病毒
远离人类。生命不再被锈蚀
天空没有阴谋，人民在脱贫的
大路上走得更快

一进一出，岁月不再回来
今后的时光或许蜿蜒曲折
但我有信心，将弯路拉伸
拾掇起散落的人生
一切从头开始

我不是新大陆的发现者
也不在个人的房间发表宣言
在平静的生活中休整片刻
然后扬帆远行

2020 年 12 月 31 日，夜深人静时

# 新的一年

按西洋历，这一年是翻过去了
可是老祖宗的传统，依然是
庚子年。可能还有许多陌生的
不可预期的大事来临

这个世界是醒着，还是
酣然入睡。鬼才知道
或许，一种危险就躺在身边
该赎罪的不赎罪，该下台的
也不想下台。西方人民
开始怀疑他们的上帝

这一切与我有什么关系
只想在新的一年，进入
一些人的话语。又从一些人的
语言里走出来
在另一个季节结束
该结束的人和事

2021 年 1 月 1 日

# 又遇小寒

这一天，去房顶看天空
正午的阳光，静静地照耀
突然朋友的微信圈
发来小寒的诗句
多久没有翻阅日历
遇到小寒，才知道
历史总会重来

在北方，花朵会不会在冬天生长
从房顶往下看，小区的花儿
遭遇小寒时，还很热烈的
开放各种姿势

人会累，节令不会累
它们总会不知不觉地
在该来的时候来
该去的时候去
来的时候听不见声音
去的时间也阒无声息

2021 年 1 月 5 日　小寒

# 飘扬的蝴蝶

一只蝴蝶，身着七彩服饰
来到我窗台，飘扬翻飞
对邻居的来访，我只能注视
未知蝴蝶生，又焉知它的死
它的到来，至少说明
居住的环境暂时无污染

隔着玻璃，想问候一声
它的故乡有没有山水
它的一日三餐是否有酒
重要的是想问问
老家有没有思恋的情侣

蝴蝶是限量版的艺术
它把信息交给春天
用善意对抗雾霾
用薄翼击退暴风雨
用生命改写自然季节

当北方的植物倒毙于寒流
一只蝴蝶在冬季飞来

2021 年 1 月 7 日

# 戒　烟

少年长成的习惯
手指是香烟的故乡
被烟雾过滤的岁月
让右手变成烟鬼

戒烟的宣言深陷肮脏
只有神经病患者才相信
就如同恋爱上瘾
与世界观，人生观无缘

吐出的烟圈，会不会
震碎瘾君子的躯体
也许不会，只会让身体
变成烟熏的陈年火腿

即便咳嗽不止
就算双腿像缓慢的老牛
五脏六腑黑如暗夜
戒烟的谎言，一次又一次
照样在黎明醒来

戒烟是一场战争，胜利者
永远是这世界上坚韧的烟民

2021 年 1 月 9 日

# 腊　月

最后一个月还是来了
我没有准备过节的礼物
生活的每一天，不知如何消费
日子这样开始：松懈、无趣味
岁月这样结束：穿越、贿赂来日

太多的时间在睡梦中度过
太少的日子关心邻居女孩
许多人和人间的大事
躺在隐蔽的某个角落
或者被记忆遗忘

生活就这样编织怪圈
来了又去，去了又来
不苦涩，也不甜蜜
在过去和将来
我不试图改变什么
与其为了梦想拼搏
不如在时间的长河
安宁地睡一觉

2021 年 1 月 13 日（腊月初一）

# 蜘　蛛

编织一张没有尽头的网
躲藏在圆圆的禅房
自成一个世界
沿着经线，不知疲倦地
前进。没有方向，唯一的目标
是等待苍蝇来串门

蜘蛛是劳动模范
丰满而灵动的身躯
不分白天夜晚，织了又织
从不休息，只为
画出一个虚拟的圆

重复而单调的生活
风雨无阻。来犯的蚊虫
被吐出的白丝包扎
夜深人静，独自吞噬
这自动上门的胜利果实

人如蜘蛛，也常常生活于
自我编织的无形之网
所不同的是，蜘蛛，它能
走出自己画的圆
人奔波一生，也逃不出
自己用心造就的牢狱

2021 年 1 月 17 日

# 腊八粥

客居南方的北方朋友
微信邀请去喝粥
我很是茫然，朋友说
今天是腊月初八
顿悟时间如灯
燃了又灭，灭了又被点燃

从未在腊月初八喝粥
这个节日或许北方寒冷
人民为了御寒而设立
也可能是为了美食的
神圣借口。在平常的日子
提炼出民俗的精纯

朋友家的粥用糯米
桂圆、红枣、莲子熬成
香稠的甜长满嘴唇
一桌的食物美不胜收
那瓶北方的高粱酒
让我沉沉酣睡一个下午

2021 年 1 月 20 日（腊月初八）

# 书房里的花

入夜，花陪伴着一屋的书
说悄悄话。花说她的故乡是
播种希望的厚土
书说，他的老家住在
聪明才智的大脑
至于为什么被主人
收藏在美丽的大房间
书与花，都百思不得其解

花说，主人经常忘记浇水
书说那是他经常翻阅我
花说主人是个酒徒
每天都喝得酩酊大醉
书说主人与别人不一样
喝酒，是为了更好地写诗
花说，他吸烟，熏得花朵难受
书说主人是在寻找
消解寂寞的良方
花感叹她回不到泥土
书也说回不去人的大脑

天亮了，花还摆在原来的地方

书也安静地直立于书架

2021 年 1 月 23 日

# 六十感怀

岁月是一把隐蔽的刀
忽然有一天，刀尖
刻进苍白的年轮
虽然不疼，却有搔痒的感觉

还历之后，用什么态度接触世界
是捧着寂寞偷偷藏身
还是用犀利的语言砸向社会
心里那只鹰，会不会蜕变成
躁动不安的乌鸦

人生六十须自知
因为耳顺，找到一个借口
不再关注张牙舞爪的事
因为心老，想不起昔日的朋友
因为一些废弃的人
懒得翻阅过去的时光

人生有恨，才懂得放过敌手

爱过，才把日子写成很长的诗

六十以后，夜晚牵手月亮

太阳出山，跟着它前行

顺风顺水度过每一天

也不失人生的完整


但六十之后，我只想

回到十八岁的农村

用一把锄头，守望被抛弃的庄稼


2021 年 1 月 27 日　六十岁整

## 渴望一场雪

渴望一场雪，一场
轰轰烈烈的大雪
让梦境站立山头
俯瞰千里冰封的韵味
把尘世的喧嚣繁华埋葬

冰面上的风筝飘去远方
告诉我爱的雪和爱我的雪
今夜无眠，只想念好大一场雪

遭遇狂风暴雨，我是强者
面对洁白如玉的雪
我变成丑陋的甲虫
这就是，渴望一场雪的
唯一理由

2021 年 1 月 28 日

# 梦里回乡

梦回年轻时的山头
一滴眼泪，装不下乡愁的空旷
许多光阴不过是陈年故事
当年牛羊出没的地方，没有路
长出了凶恶的灌木丛

神仙出没的雾，早已散落
百年大树，成排地倔强倒下
灵魂转世为城市的家具
被轰炸的石山，伤口流血
有痛却喊不出
挂在村口的太阳
只有几个老人守护

布满虫眼的大白菜
已经成为想象的化石
那条魂牵梦萦的小溪
再也卷不起闹腾的岁月
至于背负岁月的骏马
比熊猫还要珍贵

尘世不是候鸟，飞走

绝不会重新回来

梦醒之后，回不去的故乡

肯定不止我一个人

2021 年 1 月 30 日

# 美 女

在我的眼睛里，你静静地
睡眠。不知道何时起床
如果长睡不醒
那将是我毕生的幸运

你生活的每一天
不知道会删除什么内容
我只感觉血管里
有你玩耍的影子

我准备写九十九首赞美诗
献给你甜蜜的双腿
亲手种下九百九十九朵玫瑰
每一朵都在你心里怒放

你的双眼，如同明净的
湖泊。能医治男人的焦虑
来自古代的回眸一笑
让人浑身自在快活
你飘逸的长发逼退山涧飞瀑
会向谁发出美丽的预言

如果有人爱你，我会感到
这个世界很狭窄
如果没有人走入你的内心
我一定在春天找到你

在爱情的空间里
一切皆有可能

2021 年 2 月 1 日

# 谣　言

从无孔不入的嘴里
撕扯出的语言
漫无边际地从一张嘴
传达到另一张嘴
一千遍之后，竟然变成了
上帝神圣的真理

从无聊穿梭到无聊
从这个人的身体撤退
改口又进入另一张嘴
即使封闭顽固的心房
在攻无不克的风言风语下
也会网开一面，倾心接受

谣言止于智者
但这个世界有没有智者
谣言不是刺刀
却也会击败敌手
让他遍体鳞伤

2021 年 2 月 2 日夜，与朋友们酒后

# 北方小年

今天是 2021 年 2 月 4 日
也就是 2020 年农历腊月二十三日
日历清清楚楚地标示：
今日是北方小年
明日是南方小年

南北之分，是谁的主张
是区域差异，还是地方歧视
同一片蓝天下，南北之异
不仅仅是风俗的异曲同工

我不知道北方如何过今天
也不管南方如何过明天
也不准备繁杂的年货
只写一首无关痛痒的诗
喝一杯陈年老酒
在洋人符号学的著作里
寻找思想的灵感

2021 年 2 月 4 日

# 枇杷树

如伞一般遮住风雨的长绿
是大舅家的枇杷树
也是寨子里唯一的一棵
小时候咳嗽，无法入睡
母亲用枇杷叶熬水给我喝
枯燥的喉咙滋养润滑
梦中与枇杷叶共眠

少时想拥有一株枇杷树
让它帮我守住青山
看护绿水。当然更主要的是
可以吃免费的枇杷果

开花不是为了结果
披针形的秀丽，何以结出
椭圆形的黄金果实
十二月开花，不是显摆耐寒
也不是供闲情逸致者观赏品尝
而是枯痨病的克星

一树枇杷，止渴下气

润五脏，治头风，化痰去咳

高大的树站在你的面前

虽然不说话，开花结果的药效

就是一种无声的语言


2021 年 2 月 5 日，见小区枇杷树有感而发

# 昨晚的梦

梦中看见儿时的羊群
还看见牧童的我
黑色的群山，白色的云朵
在牧鞭下，在山丘之上
依然乖乖听话

草木一秋，总会变样
只有山风不会变质
吹来的不是腐朽的怪味
是红尘的回忆

有一棵孤独无依的树
孤独地死去。或许是
岁月终老吧？死去活来的
树身，还是五十年前的模样

头羊咬住天空，抬头的快感
在云层全部消失殆尽
母羊低头鸣唱，繁衍生息的
喜悦，在草地上晒出姿态

这是昨夜真实的梦境
也是五十年前生活的样子

2021 年 2 月 6 日

# 早　晨

冬日的早晨没有雪
春雨布景的窗台
如碎裂的星星
宁静得上人忧伤

因为是难得的礼拜天
赖在床铺，想抢走
昨夜梦里的美人

生活在照片里的女孩
会不会也在春雨的早晨
躺在绣花的床头
重复着那句人间俗语：
我——爱——你

曾记否你挥动的右手
擎起一面江湖恩怨的旗帜
还记得某个早晨
你宣讲的爱情真理：
鸟虽然站在大树的顶端
但它们注定不是恋人

一滴春雨，能装下整个春天

你举起的爱情大旗

能否指挥这个世界上

不起床的男人


2021 年 2 月 7 日

# 旧　歌

一支很旧的歌，老得掉牙
唱起来，却给当下的人生
一段温暖的记忆
没有惊天动地的呐喊
但每一句，都通向灵魂

歌声其实是一座拱形桥
就像过日子，一会儿高
一会低。放开歌喉
便马不停蹄地回到从前

歌声里，会看见原来的世界
就算迷路，有音节指引
也会从昨天走向今天

一首旧歌，如同年老的诗句
那唱腔，收购人生的距离
却把岁月推向远方

2021 年 2 月 8 日

# 自我黑暗

在自己的黑暗里寻找真理
肯定是瞎胡闹。因为自我是
一片旋转的树叶
只有从故乡的树枝掉下时
才具备乡愁的哲理


皮肤是一堵墙
包裹着自我的五脏
这不是故意设置禁区
而是让自我难以翻身


自我世界里有约法三章
不可能发生的事
穿越皮肤之后
都会在自我之外发生


黎明不会朝自我开放
阳光也无法直面封闭的形体
因为自我是虚拟的现实
没有谁能揭开谜底


2021 年 2 月 10 日

# 大年初一

这是中华民族的节日
一元复始的这一天
人人都提高了拜年的声音
就算昔日坚硬的对手
出口成章的语言
也只能是平和的祝福

每年都有一个正月初一
岁月总是那样天真
沿着年轮的轨道
欢天喜地地繁殖

从今天开始，每一个人
都用不同的态度缝补人生
或者白日做梦，暗夜失眠
或者掠夺别人的领地
或者独处山中坐禅
或者在年久失修的教堂
听上帝从远方传来的福音

人生中有多少正月初一
每个重复的日子
都是无数个新的开始
只要内心装有满面春风
每一天都是大年初一


　　　　　　　　　　2021 年农历正月初一

# 无名花朵

不是每一朵花都自由开放
不是每次花开都要结果
有些花只为等待蜜蜂
有的只等情人采撷

我没有宏伟的护花理想
只愿在花朵之间前行
让花朵温暖的文字
演变成情感饱满的诗
送给风，送给田野

如果一花一世界，复杂的
人间，其实就是一个花篮
相同空间里的邻居
你衬托他的鲜艳
他帮助你长出绿色梦境
都想单枪匹马，就成就不了
这五彩缤纷的花市

如果一朵花想独秀
它会受伤，会疼痛一生

2021 年 2 月 14 日，于斗南花市

# 翁丁村火灾

一场火，遥远的佤族部落
化为灰尘。当年我去时
一百零五个古装元素
在云雾缭绕的仙界
过着结绳记事的生活

如今，独一无二的翁丁村
中国部落文化的
最后一个活体，就这样
被奔跑的火焰吞食
固化的历史，一瞬之间
演变成永久的记忆

尖叫的鸽子，冲天而去
群山止不住崩溃流泪
古树直面无水的深渊
而身处远方的我，却无力
阻拦这罪恶滔天的山火

火灾之后，远古的翁丁部落
空空荡荡，去了另一个
一无所有的世界

2021 年 2 月 15 日

# 竹　林

一片竹林，是每一根
竹子的意义的总合
访问竹林内部，会听见
刀子小心翼翼的声音
由远处，向单根竹子逼近

竹子的童年叫竹笋
在人类常见的饭桌上
是一道类似小鲜肉的
美味佳肴。我虽然喜欢
却很少食用，我怕肠胃里
长出一根粗大的竹子

许多根竹子，支撑起
一片坚韧而稳固的绿
阻止着夏季的热
让恋人的春天更温柔

如果居住的周围有竹
是不是就达到郑燮那种
难得糊涂的境界
有了大片大片的竹林
是不是真像竹林七贤那样
远离繁华俗世的诱惑

是人居住在竹林
还是竹林居住于人间
谁能得出圆满的回答

2021 年 2 月 18 日，午睡梦见老家的竹林而作

# 献　词

你们用鲜血，染红了
祖国疆土。喀喇昆仑山上的
国旗才平安地飘扬
生命危在旦夕的日子
在你们年轻的心中
国门比生命之门更重

为了和平，你们献出了
宝贵的美好年华
为祖国而生，这是军人
崇高而伟大的职业
你们用生命写下了
高尚者的墓碑
用坚硬的青春肩膀
扛起世界和平

谁家的孩子不是父母的宝贝
可你们是战士，是祖国
万水千山的守护神
哪怕牺牲十八岁的人生
也绝不让来犯者的足印
留在祖国的土地

战士有战士的本色

为祖国，青春无悔

战士有战士的意志

守土戍边，无坚不摧

战士有战士的真理

坚守和平，生命何足惜

战士的人生虽然短暂

但他们的信念永恒

这不是空洞虚伪的口号

是烈士用火热的血液

谱写的爱国乐章


你们英雄的身躯倒下了

但在你们的身后

站着十四亿中国人


2021 年 2 月 21 日

# 垂　钓

我学不了姜太公，不用直勾
钓起的鱼不是志愿者
是钓钩上的诱惑

看着悄悄远去的鱼群
知道今天肯定一无所获
注定抬滑竿。但无论如何
我不能逃，还是耐心地
在水边静静等待
万一有一条傻瓜鱼
激动人心地向我游来

真正的钓者，不问收获
只享受垂钓的过程
水是无声的，但鱼有声

甩竿的优美姿态，如同
扔出一段文字，诗或者
散文。但绝不是学术论文

难道我真是可怜的先觉者

鱼在水中喧闹，而我却沉默

一个下午的悄悄等待

竟然没有上钩者


不知道太阳底下的守候

是我钓鱼，还是水中快乐的鱼

在一心一意地钓我


2021 年 2 月 23 日下午，银湖垂钓所得

# 乡村体验

春天快到了，农人开始了
一年之计在于春的繁忙
他们走在熟悉陌生的田埂
把秋天的粮食种在天上

水牛在田间拉长岁月
稻香的味道，像一只纸鸢
从水田升起，穿过阳光
在城市的大街小巷自由飘荡

独自春游在乡村俚语的世界
眼前有景，却无法穷尽
隐藏于山林的烟火
让世俗变得生动丰饶
一条石板铺成的小路
从眼前，伸向云天

泥土里是青菜过膝的风景
山坡上，牛羊挂在树枝
头上是被放大的天空
低头是脚踏实地的田野

暂且告别城市的纷扰

在乡村，你会找到

另辟蹊径的人生


2021 年 2 月 25 日，郊外踏青

# 元宵节

一个人的元宵节，也是
很多人的节日
多彩的烟花在空中爆炸
烟消云散后，又有谁能够
体味不一样的一人生

没有人，在黄昏后相约
春风细细剪裁的柳丝
又见月光的影子
不如对饮圆月
把一切节日的祝福
统统关在门外

写一首诗，喝一壶老酒
听一曲今人演唱
欧阳修的去年元夜时
在醉意朦胧的人生境界
想昔日的美人何以泪湿春衫
看宋朝的花灯怎样白如昼

命运注定在他乡过节

没有一滴委曲求全的眼泪

也不想安慰遥遥无期的梦境

在满天星斗下幻想人生

他乡，难道不是故乡

2021 年 2 月 26 日，元宵节夜

# 高铁站

每次进站，铁面无私的动车
将时间的距离缩小
不断重复的人生行程
愈来愈精致

不知道从哪儿来
又要去哪个目的地
出站的人心不在站台
进站的人，思路在远方

列车紧贴大地，它的意志
就是所有行人的意志
它把近处的人送去远处
又把远处的客人送来
有时起点站就是终点
终点站呢，才是人生的起点

每一个车站都是时间的驿馆
来来去去，不是岁月移动
而是世俗的繁荣平安

2021 年 2 月 28 日，到昆明南站送友人

# 无　眠

思想与黑暗对话
灵魂进入没有声音的世界
肉体在床上开始来回奔驰
幻想着，在宇宙旅馆
拥抱没有亮度的未来

独断专行的夜晚
摘下白天戴着的面具
在无病呻吟的内心深处
将你恨的人和恨你人
自动过滤一遍

不用怕，失眠不是病菌
摧毁不了年老的岁月
就算隔壁是地狱的站台
也不用担心死亡的列车
向你轰轰烈烈驶来

谁将夜晚变成白昼

用皮肤制作的简陋窗帘

抵挡不住骚动的失眠

没有肌肉，没有骨头的幽灵

在床前游手好闲

劝无眠者放弃睡眠


2021 年 3 月 5 日深夜

# 三八节感怀

所有女性都是花的姐妹
美丽的子宫，装着春夏秋冬
浓眉大眼，闪烁慈爱的光芒
厚实的双手创造人类世界

女性的骨头柔情如水
但拒绝弯曲。她们的恋爱
不是纸上谈兵，而是用心灵
一笔一画地书写爱的真谛

女性不是水做的肉身
有时候，她们坚韧的思想
能让狂风龟裂，还可以
令阴谋诡计的日光碎裂
融化男人内心的黑夜

每一个女性，都是一部
创造的大书。她们的情感
如同航空母舰的发动机
满载着人类社会这艘大船
穿越长风，破浪而行
停靠在平静的港口
永不沉没

2021 年 3 月 8 日

# 听春雨

没有鸟儿的鸣啼
夜来的春雨声
从遥远又陌生的故乡
飘荡到客居已久的异地

睡梦中，我试图给春雨
写一篇永垂不朽的碑文
春雨过后，便是绿树纷呈
地里的种子，在月亮磨刀的
音节中，破土重生

听到春雨的歌唱
才想起冬天已经老去
跳雪而行的日子一去不返
风雨中，未知有没有花落
只知道明朝脱下冬装
人生会轻松许多

春雨之后，前世的草木

今夜长出新的灵魂

不知道春天的故事

还有多少人咏唱

只希望在大地的中央

庄稼人远离贫寒

2021 年 3 月 10 日

# 梦中的一棵树

梦中的一棵树，很高，很直
不知落叶肥了何方土地
枝丫上的鸟巢是否诱惑男孩
被伐倒之后，作为男人的化身
粗犷的身躯做了谁家的橱柜

站立时，迎战所有的季节
不为暴跳如雷的寒流撼动
狂风的旋律，锻炼强大的生命
雷雨不过是它生命的味精
霜雪也只是冬季的装饰

在山中，自由地茁壮成长
如同披发修炼的道长
云朵下打坐，顺其自然而生
在天空下，独享孤芳自赏

人进了大山，肢解了树的身躯
没有谁给它举行葬礼
一棵又一棵，正在消失的树
是不是预言森林的灭亡

2021 年 3 月 12 日

# 幻想天空

都说太阳是男人，月亮是女人
那么宇宙之上的无限天穹
就是太阳和月亮的婚房
七彩云朵铺成的床单
睡着宙斯的儿子和儿媳
他们共同合谋，步调一致地
将人类的时间肢解成
黑白分明的岁月秩序
白天，太阳独霸人间
黑夜，月亮占领地狱的每个角落

一对生死情侣，高悬在众生头顶
尽管一生一世都不会相遇
但彼此的光芒相互温暖
男人求婚的仪式，是把红玫瑰
高高挂在冰冷的桂树
女人端出吴刚窖藏的桂花酒
醉了太阳几个世纪

月亮被狂风挂在当空
太阳的信仰降落诸神脚下
所有在宇宙生活的动物

都演义成太阳的仆人
植物，则是月亮的第二个情人


谁举起一盏灯，点燃雾的骨头
让太阳的碎片飘过人间
又有谁吹开月球的裙裾
让月光满地，时光倒流如水
除了深藏不露的宙斯大神
你又能想起谁

# 时间或镜子

在一面镜子前回忆人生
镜中的我，是朋友，还是敌手
变形的微笑，定格在某个时代
许多岁月在秘密地撒谎

从前的我，那么爽朗而快活
现在窥视到的，却是老年忧郁
谁将时光错置于镜面空间
谁把如风往事带走

一个影子在镜框中翻来覆去
为了正衣冠，还是与俗人对话
摘下茁壮成长的胡须
把镜面里的我，变成另一个自己

喧哗的水声洗不尽历史铅华
牙刷洗涤不了季节的果园
如果在某个时段播下生命的种子
不要奢望开花，更不要希望
镜子结出累累果实

# 春天如期到来

桃花红，李花白的季节
铺天盖地地向我涌来
不同色调的美，在身旁
飞扬跋扈地撒欢追逐
我不是采花人
炙热的血管只睡着旧人

及时雨并没有如约而来
许多叫不出名的花，在春天
依然没有目标地落了又开

唠唠叨叨的鸟群，踏春归来
在繁花枝头无秩序地鸣叫
从北方飞来的燕子
戴着帝王将相的面孔
在寻常百姓家筑巢而居

春天，弥漫着生命的味道
农人握紧早春的信息
在田间耕种一年的生计

长眠了一冬的植物

睁开绿色的双眼，拥抱而出

相亲的蜜蜂，在花间跳舞

想把春天全部搬回蜂巢


春天如期到来，该开的花

站在时间的高处开放

不该在春天怒放的花

同样花枝招展地全部盛开


2021 年 3 月 19 日

# 游樱花谷

来到樱花烂漫的自留地
无意放纵自我，如果能从
谷底打捞起一段记忆
此生就不虚此行

因为花开的约定
大队人马，刷新仲春的行程
在百年一梦的树下散步
追随黛玉葬花的影子
在樱花轻盈的脚步里
体验虚拟的万种风情

花开一树，羞煞了玫瑰的红
压倒了杏花的粉
让李花的白无地自容
寻寻觅觅的游客
被演变成美丽的仆役

陌生的心灵，热恋于花海
醉卧花丛，多情的游客
总会找到另一半幽灵

或者跟随花开花落的节奏
梦回当年的婚床

月光升起，落花轻旋
旧枝新花的树林
隐藏了多少迷人的故事
来了又回头的旧相识
偷劫了灼心的青春话语

花瓣掉下来，抽痛昨夜伤痕
潜伏于花骨朵里的歌谣
似水一般飘忽无形
有情人被悬挂在树端
在花间跳广场舞

如果有一天退隐俗尘
在开花的树下坐禅悟道
看樱花的白骨飘零
回忆红尘岁月的静美
想念一个不该想念的人

2021 年 3 月 20 日，与学院同人游宜良樱花谷